Ce livre a été offert par :

____

____

____

Retrouvez tous les prénoms sur
www.lelivredemonprenom.fr

Éditions First, un département d'Édi8
12, avenue d'Italie
75013 Paris – France
Tél. : 01 44 16 09 00
Fax : 01 44 16 09 01
firstinfo@efirst.com
www.editionsfirst.fr

ISBN : 978-2-4120-2314-3
Dépôt légal : mars 2017
Création graphique : Lisa Magano – Nicolas Galy pour NoOok
Mise en page : Nicolas Galy pour NoOok
Secrétariat d'édition : Charlotte Bourgeois
Imprimé en France par Pollina - L79366

Le livre de
mon prénom

Pierre

Jules Lebrun

avec la collaboration de
Stéphanie Rapoport

FIRST
Editions

Ce livre dévoile tous les secrets du prénom PIERRE !

L'ÉTY**MOLOGIE**

LE CARACTÈRE

Les adjectifs qui lui vont le mieux

LA COULEUR

Le chiffre

LA PIERRE

LE JOUR DE FÊTE

L'HISTOIRE DE SAINT PIERRE

LES VARIANTES
DU PRÉNOM

Le nombre
de Pierre en France
ET DANS LE MONDE

LA POPULARITÉ
ET LES TENDANCES
D'ATTRIBUTION

L'âge moyen

LES PIERRE
CÉLÈBRES

Les informations insolites

« Certains prénoms sont comme la bande-annonce du destin de ceux qui le portent. »

La Tête de l'emploi de David Foenkinos

« Un des plus beaux cadeaux que nous ait fait la vie, c'est quand notre prénom a l'air d'un mot gentil. »

L'Essentiel de Ginette Reno (paroles de Charles Aznavour)

« Le prénom est la clé de la personne. C'est le cliquetis délicat de sa serrure quand on veut ouvrir sa porte. »

Acide sulfurique d'Amélie Nothomb

L'ÉTY**MOLOGIE**

du prénom PIERRE
a pour racine
le mot latin *petrus*,
lui-même issu du grec
πέτρος (petros).

Sa signification
est la pierre,
le rocher.

LE CARACTÈRE

AU PREMIER ABORD, PIERRE N'EST PAS FORCÉMENT TRÈS EXTRAVERTI. IL NE S'OUVRE PAS FACILEMENT ET A BESOIN DE CONNAÎTRE UN PEU SON INTERLOCUTEUR AVANT D'INSTAURER UNE VÉRITABLE COMMUNICATION. MAIS UNE FOIS CETTE BARRIÈRE FRANCHIE, ON SE REND COMPTE QUE

PIERRE AIME PAR-DESSUS TOUT LE DÉBAT !

Il accorde beaucoup d'importance au fait de **comprendre l'autre**, même lorsque de fortes divergences se font sentir.

POUR PIERRE, L'AMITIÉ PASSE AVANT TOUT. IL ENTRETIENT LA RELATION, ANIME LE GROUPE ET EST FORCE DE PROPOSITION.

C'EST LE MOTEUR DE LA BANDE !

Sans avoir de dons particuliers pour diriger, il se retrouve néanmoins souvent leader dans une organisation car il est travailleur et fait preuve de qualités de synthèse. De plus, il est sérieux et juste dans ses jugements.

EN EFFET, IL A DES PRINCIPES MORAUX SUR LESQUELS IL NE TRANSIGE PAS. HONNÊTETÉ ET INTÉGRITÉ NE SONT PAS DE VAINS MOTS POUR PIERRE. SON SENS DU DEVOIR EST SANS FAILLE ET IL SERA **le premier à se dévouer pour rendre service.**

Pierre est *fier* et *orgueilleux*.
Il ne supporte pas la malhonnêteté intellectuelle. *Fidèle* dans ses relations, il ne faut pas le décevoir car il sera très difficile d'obtenir son pardon.

Au sein de la famille, **Pierre** sera un partenaire *amoureux loyal* et *bienveillant* et accordera beaucoup de temps et d'attention à ses enfants. Il fait tout pour maintenir une belle entente dans son entourage.

LES **ADJECTIFS** QUI LUI VONT LE MIEUX

Persuasif

RASSEMBLEUR

INTÈGRE

LOYAL

Travailleur

ATTENTIONNÉ

FIER

SI **PIERRE**
ÉTAIT UNE
pierre précieuse
IL SERAIT UN
DIAMANT

LA COULEUR

ATTACHÉE À PIERRE
EST **LE JAUNE**

Couleur primaire et chaude, le jaune fait référence au soleil, à la lumière, à l'action et à la science.
C'est également la couleur de l'or, de la gaieté et de la richesse.

AVEC **LE JAUNE**,
IL Y A DE LA JOIE !

YELLOW
GIALLO
GELB
AMARILLO
KITRINO
ZHOLTIJ
צהוב (TSAHOV)
أصفر (SUFRA)

8

La signification numérologique du prénom Pierre correspond

AU **CHIFFRE** 8.

Le 8 est le symbole de l'argent et de la réussite.

Pierre, poussé par une grande ambition et sa capacité de travail, **sera attiré par le pouvoir.**

Le 8 représente également l'intolérance et la manipulation.

Pierre, doté d'une grande intelligence, doit se méfier d'une tendance à l'arrogance.

LE JOUR

29 JUIN

En hommage à saint Pierre, né Simon, qui fut un des disciples de Jésus. Il fut un des douze apôtres et occupa une place particulière.

Il est considéré comme le premier pape de l'Église catholique.

DE FÊTE

LE DICTON DU JOUR

« Saint-Pierre et Paul pluvieux est pour trente jours dangereux ! »

VARIANTES DU PRÉNOM **PIERRE** DANS d'autres langues

En anglais :
Peter, Pierce

En italien :
Pier, Pietro, Piero

En allemand :
Peter

En espagnol :
Pedro

En grec :
Πέτρος · Pétros

En russe :
Пётр · Piotr

Variantes du prénom Pierre dans les langues régionales :

En breton :
Per, Pierric, Pierrick

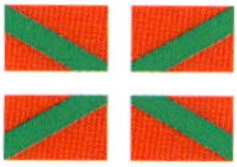

En basque :
Peio

En occitan :
Peire

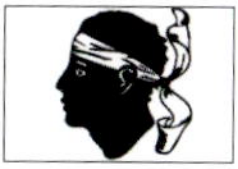

En corse :
Petru

PIERRE
EN FRANCE

AU DERNIER RECENSEMENT,
459 000 PIERRE
SONT COMPTABILISÉS EN FRANCE

Pierre est le 2e prénom
le plus attribué depuis 1900.

CE QUI
CORRESPOND
À **0,69 %**
DE LA
POPULATION

PIERRE

DANS LES DÉPARTEMENTS

4e

PAS-DE-CALAIS (62)
RHÔNE (69)

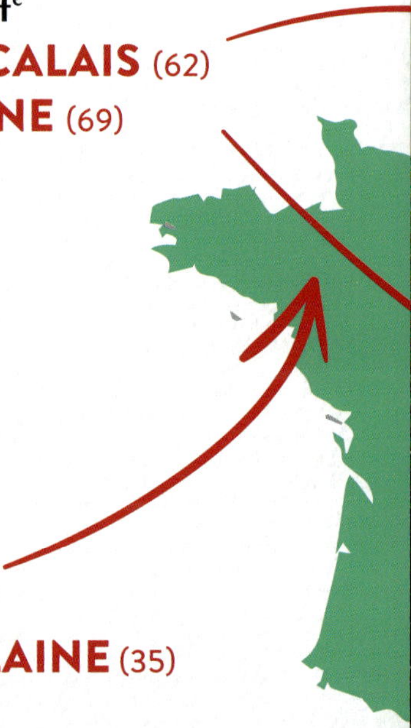

3e

ÎLE-ET-VILAINE (35)

Les départements dans lesquels le prénom Pierre a été le plus donné (en 2015) :

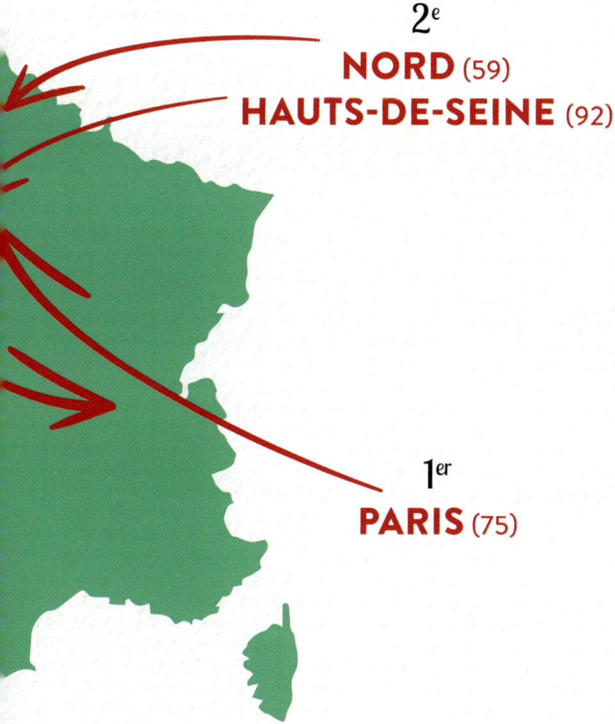

PIERRE
DANS LE MONDE

WALLONIE
très répandu
SUISSE
ROMANDE
très répandu

CE PRÉNOM
FAIT PARTIE DES
100 PRÉNOMS
LES PLUS DONNÉS

avec une tendance
stable de son
attribution.

1

L'année **1930** correspond à l'année où le prénom **Pierre** a été le plus donné.

16 485 PETITS GARÇONS L'ONT REÇU CETTE ANNÉE-LÀ !

L'âge moyen constaté pour les personnes qui portent le prénom Pierre est **56 ans.**

LES
PIERRE
CÉLÈBRES

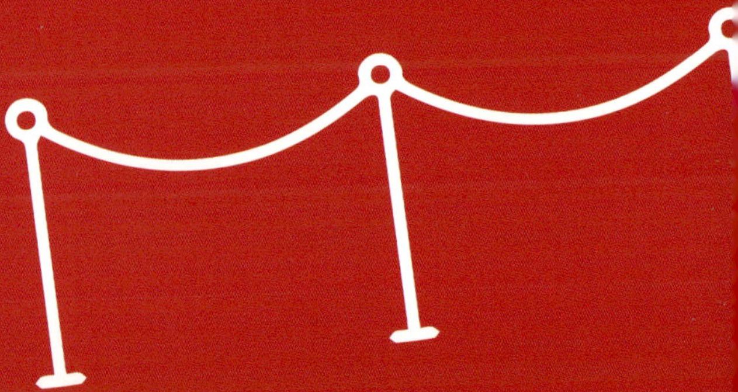

★ PIERRE ARDITI ★

né le 1er décembre 1944, est un acteur français de cinéma, théâtre et télévision. Une belle carrière récompensée par deux Césars, un Molière et un 7 d'or.

★ PIERRE BALMAIN ★

né le 18 mai 1914 et mort le 29 juin 1982, est un couturier français. Il a créé une maison de couture qui porte son nom en 1945.

★ PIERRE BÉRÉGOVOY ★

né le 23 décembre 1925 et mort le 1er mai 1993, est un homme politique français. Il fut ministre et Premier ministre.

★ PIERRE CARDIN ★

né le 2 juillet 1922, est un couturier français. Son nom est une marque connue mondialement.

★ PIERRE CURIE ★

né le 15 mai 1859 et mort le 19 avril 1906, est un physicien français. Il est principalement connu, avec son épouse Marie Curie, pour ses travaux sur la radioactivité.

★ PIERRE DE RONSARD ★

né en septembre 1524 et mort le 27 décembre 1585, est un poète français. Il est l'une des figures majeures de la poésie française.

★ PIERRE DESPROGES ★

né le 9 mai 1939 et mort le 18 avril 1988, est un humoriste français. Il pratiquait une forme d'humour grinçante et polémique.

★ PIERRE HERMÉ ★

né le 20 novembre 1961, est un chef pâtissier et chocolatier, meilleur pâtissier du Monde 2016.

★ PIERRE MENDÈS FRANCE ★

né le 11 janvier 1907 et mort le 18 octobre 1982, est un homme politique français. Député, plusieurs fois ministre, il fut président du Conseil des ministres.

★ PIERRE NINEY ★

né le 13 mars 1989, est un acteur français. Il devient à 21 ans le plus jeune pensionnaire de la Comédie-Française.

★ PIERRE PALMADE ★

né le 23 mars 1968, est un acteur et humoriste français. Il a rencontré beaucoup de succès grâce à ses collaborations avec Muriel Robin et Michèle Laroque.

★ PIERRE PERRET ★

né le 9 juillet 1934, est un auteur, compositeur et interprète français. Un des artistes les plus populaires de la chanson française, on lui doit les chansons *Lily*, *La Cage aux oiseaux*, *Le Zizi*, *Mon p'tit loup* et bien d'autres...

★ PIERRE PAUL RUBENS ★

né le 28 juin 1977 et mort le 30 mai 1640, est un peintre baroque flamand.

★ PIERRE ELLIOTT TRUDEAU ★

né le 18 octobre 1919 et mort le 28 septembre 2000, est un homme d'État canadien qui fut Premier ministre deux fois. Par l'importance de ses réformes, il est l'une des personnalités canadiennes les plus importantes.

PIERRE
C'EST AUSSI...

... UNE ARME LÉGÈRE,
LE LANCE-PIERRES.

... une ville américaine du Dakota du Sud.

... Pierre
et le loup,
un conte
de Prokofiev.

... L'ÂGE
DE PIERRE,
UNE PÉRIODE
DE LA
PRÉHISTOIRE.

... le nom pour
les coliques néphrétiques
au Moyen Âge.

... le personnage principal
de la série romanesque
Fortune de France.

... un apôtre
de Jésus-Christ
et le premier pape.

... un marché

de tissus.

... un nom de famille.

... DES EXPRESSIONS DE LA LANGUE FRANÇAISE : **« PIERRE QUI ROULE N'AMASSE PAS MOUSSE »** OU « FAIRE D'UNE PIERRE DEUX COUPS ».

… « PIERRE-
FEUILLE-
CISEAUX »,
un jeu enfantin.

… le nom de nombreuses
communes en France.